Editor responsável: Lucas de Sena

Assistente editorial: Jaciara Lima

Diagramação: Ana Clara Miranda

Revisão: Renan Castro

Colaboração: Roberta Malta e Dani Gutfreund

CIP-BRASIL. CATALOGAÇÃO NA PUBLICAÇÃO
SINDICATO NACIONAL DOS EDITORES DE LIVROS, RJ

W164s

Walcacer, Miguel
    Sovacos / Miguel Walcacer ; ilustração Johanna Thomé de Souza. - 1. ed. - Rio de Janeiro : Globinho, 2022.
    : il.

    ISBN 978-65-88150-44-3

    1. Ficção. 2. Literatura infantojuvenil brasileira. I. Souza, Johanna Thomé de. II. Título.

22-77012
     CDD: 808.899282
     CDU: 82-93(81)

Meri Gleice Rodrigues de Souza - Bibliotecária - CRB-7/6439

1ª edição, 2022

Editora Globo S.A.

R. Marquês de Pombal, 25 — 20.230-240 — Rio de Janeiro — RJ — Brasil

www.globolivros.com.br

Dani, Roberta, Eugênia, Rosinha & Massinissa, vocês moram em nossos sovacos ♡

Um dos maiores mistérios

de todo o universo

é o sovaco.

Este é o sovaco
mais alto do mundo.

A lagartixa tem um sovaco chiclete.

Há quem tenha

cinco sovacos
de uma vez.

Existem sovacas

e sovacocótamos.

Até o peixe tem um sovaquito

bem pequenino.

Mas é o polvo o grande mestre dos sovacos.

Ele poderia abrir uma sovacaria.

Será que as coisas também

têm sovacos?

Eles estão espalhados

por aí...

Os seres humanos costumam ter dois.

Um de cada lado.

Alguns são
carecas.

Outros, cabeludos.

Alguns são cheirosos.

Outros, nem tanto...

Os sovacos gostam de
pegar um solzinho.

Mas se a chuva cair,

é melhor procurar um abrigo.

Porque se um sovaco fica doente,

só o termômetro
pode ajudar.

Precisamos falar sobre sovacos.

HOSPITAL do Doutor AXILA

Afinal, eles estão entre nós,

e nós estamos

entre eles.

Miguel Walcacer tem dois sovacos. Os dois são cabeludos. Quando Miguel nasceu, eles eram carecas. Há registros.

Johanna Thomé de Souza também tem dois sovacos. Eles nasceram juntos, mas até hoje não se encontraram frente a frente. Se conhecem apenas por fotos ou através do espelho.

Este livro foi composto na fonte DM Serif Display

e impresso em papel couchê 170g/m² na Eskenazi.

São Paulo, Brasil, agosto de 2022.